마음 하나, 꽃 한 송이

일러두기

꽃 이름의 표기는 본문의 내용 및 특성에 맞게 영문명과 학명을 혼용하였습니다.

마음 하나

꽃 한 송이

the flower

piece of mind

미호

prologue

꽃을 닮은 마음을 당신에게 전합니다

꽃이 좋아서 꽃을 그린 것이 아니라
꽃을 그리다 보니 꽃이 좋아졌던 것 같아요.
더 잘 그리고 싶어서 더 많은 꽃이 보고 싶어졌고,
그렇게 직접 눈으로 보고 만져본 꽃은
살아 있는 하나의 생명체였습니다.
아주 조심스러운 손길로 만져주고,
물을 갈아주고, 좋아하는 자리에 놓아주면
언제나 꽃을 활짝 피워 보답을 해주었어요.
꽃을 피우면서 내는 소리가 귀여운 꽃이 있었고,
바람에 흔들리는 반투명한 꽃잎이 예쁜 꽃이 있었어요.
또 물에 담그면 금방 활짝 피어나는 꽃이 있었고,
만졌을 때 손에 향기가 남는 꽃도 있었어요.
오랫동안 좋아하는 꽃들을 그리다 보니
모든 꽃들이 각자의 색으로, 자기만의 모습으로

아름답게 꽃망울을 틔우고 피고 져간다는 걸 알 수 있었어요.
살아 있는 꽃을 보고 만지며 스쳐갔던 작은 느낌들 안에는 분명
나에게 혹은 누군가에게 전하고 싶은
마음이 하나씩 깃들어 있다고 생각했어요.

그렇게 꽃들을 그리며 모았던
작은 마음의 조각들을 꺼내어 글을 쓰고,
그 그림들을 모아 이 책을 만들었습니다.
소중한 사람에게 꽃과 함께 이 책을 건네주세요.
혹은 나 자신에게 선물해도 좋아요.
누구에게나, 꽃을 닮은 마음이
시들지 않고 오래오래 곁에 머물러줄 거예요.

꽃 그리는 이랑

Contents

봄
Spring

여름
Summer

가을
Autumn

겨울
Winter

따뜻한 바람이 뺨을 스칠 때,

마침내 봄이 온 걸 알았어요.

메마른 가지 끝, 작고 여린 잎과 꽃망울들이 피어납니다.

추운 겨울을 이겨낸 작고 소중한 꽃을

당신에게 드립니다.

Spring

봄

Peony

작약

잘 여문 작약의 꽃봉오리는 꽤나 단단하고 묵직합니다.
그 봉오리 안에는 아름다운 꽃잎이 가득 차 있어요.
단단한 작약의 봉오리를 톡톡, 두드리며
봉오리가 열릴 그날을 기다립니다.

활짝 핀 작약을 볼 때면,
작약이 활짝 웃고 있는 것 같다는 생각을 해요.
하룻밤, 이틀 밤… 하루씩 밤을 보낼 때마다
꽉 다문 봉오리 속 작약의 웃는 얼굴을 생각하며 잠이 든다면,
어느 날 아침잠에서 깨어났을 때
수줍은 꽃봉오리가 열려
활짝 웃는 분홍빛 꽃잎들을 만날 수 있을 거예요.

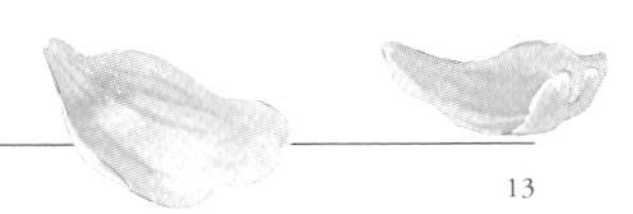

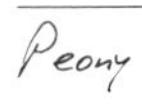

Jana Rose

자나장미

한 대에 여러 송이의 꽃이
주렁주렁 열매처럼 열리는 자나장미는
조금만 손에 쥐어도 금세 풍성해져 마음을 가득 채웁니다.

수백 번 되뇌었던, 소중한 마음을 모아
자나장미 한 다발을 당신께 드립니다.
말하지 않아도 수많은 꽃잎이
대신 내 마음을 전해줄 것만 같아요.

시간이 지나 꽃잎이 마르더라도,
변하지 않은 색을 머금고 오래오래 당신 곁에 머무를 거예요.

Anemone

아네모네

아네모네의 까만 수술은 마치 아네모네의 눈처럼 보입니다.
꽃잎이 꼭 닫혀 동그란 아네모네를 데려와 꽃병에 꽂으면
눈꺼풀을 열어 눈을 뜨듯 꽃잎이 열려
나에게 가만히 눈을 맞추어와요.

그 예쁜 눈이 어쩐지 내게 할 말이 있는 것만 같아
한참을 바라보았지만 아네모네는 말이 없어
내가 먼저 용기 내어 말 걸어보기로 했어요.

Magnolia

목련

목련이 필 때쯤이면 영화 〈매그놀리아〉의 'One'을 듣곤 합니다.
아직 추위가 가시지 않은 이른 봄,
앙상한 가지 위에 커다랗게 피는 목련꽃은
노랫말 속 가장 외로운 숫자 '1'처럼
여러 송이가 피어도 늘 혼자인 것처럼 외로워 보이는 꽃이에요.

차가운 땅 위로 새하얀 꽃잎을 떨어뜨리며 져 갈 때에야
비로소 봄이 오는 것을 실감합니다.
꽃잎이 모두 떨어지고 따뜻한 봄이 오고
나무에 푸른 잎이 무성해져도
내년 봄을 먼저 알리러 올 외로운 목련꽃을 가만히 떠올려봅니다.

Cherry Blossom

벚꽃

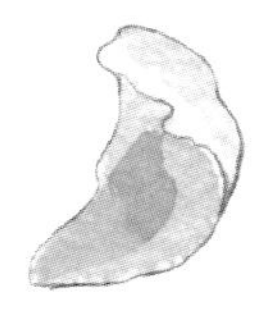

벚꽃이 우수수 떨어지는 모습은
꼭 눈 내리는 풍경과 닮아 있습니다.
눈을 좋아하지만 추운 겨울은 좋아하지 않는 저는
떨어지는 벚꽃잎을 보며
따뜻한 봄에 내리는 눈을 상상해보곤 합니다.
쌓여 있는 꽃잎을 밟으면
사락사락 눈 밟는 소리가 들리는 것 같아요.

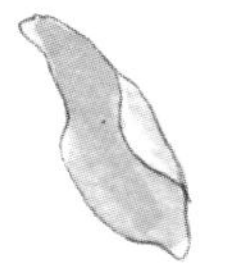

긴 겨울이 막 지나고 따뜻한 봄이 왔으니
눈을 보려면 한참을 기다려야 하지만,
벚꽃이 있다면 그걸로도 괜찮을 것 같아요.

Lilac

라일락

길을 걷다가 익숙한 향기가 코끝을 스치면
그 자리에 멈추어 서서 주변을 둘러봅니다.
그럼 어느새 쏟아질 듯 피어 있는 라일락을 만날 수 있어요.

라일락의 향기를 그림으로 그릴 수 있다면
꼭 예쁜 연보라색을 쓸 거예요.
한참을 서성이며 보랏빛 향기를 가득 맡고 뒤돌아 가는 길에도
고개는 자꾸 라일락을 돌아보게 됩니다.
힘겹게 돌아서 가다 보면
향기만은 나를 따라오는 듯 여전히 코끝에 남아 있어요.

Clematis

클레마티스

뾰족한 꽃잎, 가늘고 긴 줄기가 하늘하늘해
섬세한 아름다움을 지닌 클레마티스.
온실 속에서 귀하게 자랐을 것 같은 예민한 얼굴이지만
야생에서도 탐스러운 꽃을 고고히 피우는 들꽃입니다.

들에서 클레마티스를 만난다면,
꼭 걸음을 멈추고 인사 나누어주세요.
거친 바람을 이겨낸
대견하고도 아름다운 꽃이니까요.

Poppy

양귀비

영화 속에서 본 노을 진 빨간 양귀비 밭의 쓸쓸한 풍경이
오랫동안 마음에 남았습니다.
잎사귀도 없이 구불진 줄기를 올려 빨간 꽃을 피우는 양귀비는
무리 지어 있어도 외로워 보이고
왠지 눈물을 머금고 있는 것처럼 보이기도 해요.
가끔 꽃송이가 무거워 고개를 떨구는 모습을 보면
금방이라도 눈물이 툭 떨어질 것 같아 가슴이 아려옵니다.

어쩐지 위로가 필요한 날이면
나 대신 눈물 흘려줄 양귀비가 보고 싶어집니다.

Freesia

프리지아

지금까지 네 번의 졸업식을 치르면서
그때마다 늘 프리지아 다발을 들고 사진을 찍었습니다.
사진 속의 나는 이별의 아쉬움과 새로운 시작의 두근거림이
모두 공존하는 묘한 표정을 하고 있어요.

지금은 특별한 설렘도 아쉬움도 없지만
아직 쌀쌀한 3월 즈음,
잊지 않고 프리지아를 나에게 선물해
그때의 기분을 다시 떠올려봅니다.
이별할 때도 새롭게 시작할 때도
언제나 프리지아를 가장 먼저 생각하게 돼요.

Tulip

튤립

튤립은 안쪽과 바깥쪽 꽃잎이 서로 자라는 속도가 달라
아침에는 벌어지고 저녁에는 오므라들곤 합니다.
마치 아침에는 아침 인사를,
저녁에는 작별 인사를 나누는 듯해요.

연약한 모습과는 다르게 구근으로 살아남아
이듬해에 다시 어여쁜 꽃을 피우는 튤립.
올해의 꽃은 졌지만 내년, 내후년에도 다시 피어
아침 인사를 나눌 날을 기다립니다.

Carnation

카네이션

언젠가부터 감사한 마음을 전할 때
카네이션 화분을 선물하는 것을 좋아하게 되었어요.
더위에 약해 5월의 햇빛에 꽃이 금방 져버린다 해도
서운해하지 마세요.
삐죽삐죽한 잎사귀들만 남아 예쁘지 않아도 그날들을 견디면
봄을 지나 여름에도 가을에도 가끔 선물처럼 꽃을 피워준답니다.

갑작스럽게 꽃이 피어 있는 걸 발견하면
가슴이 벅차게 반가워져요.
당신이 기뻐할 그 순간을 떠올리며
카네이션 화분을 수줍게 내밀어봅니다.

해가 길어 모든 식물들이 사랑하는 계절, 여름.

잎은 더 싱그럽고 파랗게,

꽃은 더 크고 탐스럽게 피어납니다.

소중한 사람에게 하루가 다르게 자라고 피어나는 행복을

선물해주세요.

Summer

여름

Lavender

라벤더

영화 속에서 스치듯 지나가던 라벤더 밭의
첫 느낌을 오랫동안 기억하고 있어요.
주변 풍경에서는 한 번도 본 적이 없는,
보라색 물결이 지평선 끝까지 이어져 있는 모습은
너무나 이질적이고 기묘해서
'유니콘을 실제로 만난다면 이런 느낌일까'라고도
생각해보았어요.
가끔은 잠들기 전 눈을 감고
라벤더 밭을 끝없이 걷는 상상을 하곤 합니다.
보라색만이 넘실거리는 기묘한 풍경의 끝에는 무엇이 있을까,
궁금해하며 걷다가 잠이 듭니다.

잠에 빠져들기 전,
어렴풋하게 라벤더 향이 코끝에 스쳤던 것만 같아요.

Eucalyptus

유칼립투스

누구나 초록색이 필요할 때가 있습니다.
마음이 지쳤을 때, 생기가 필요할 때는
초록색이 마음을 채워줄 수 있답니다.
가끔 지쳤다 느낄 때면, 꼭 유칼립투스 한 단을 사러 갑니다.
오직 유칼립투스만을 가슴에 가득 안고 돌아오는 길,
그곳에서부터 눈에 가득한 초록이 마음을 어루만져줍니다.
화병에 가득 꽂아 가장 가까운 곳에 놓아주세요.
싱그러운 초록을 곁에 두면 반드시 행복해질 거예요.
마르면서 더욱 차분해지는 아름다운 색감,
종일 곁에 머무는 은은한 향이
행복을 더 오래 붙들어줄 거고요.

마음을 치료하는 저만의 방법,
유칼립투스의 초록을 보는 모두에게 유효하리라 믿어요.

Delphinium

델피니움

델피니움의 반투명한 꽃잎은
수채화의 맑은 느낌과 가장 닮아 있어요.
꽃잎이 나풀거리는 모습은
마치 하늘거리는 시폰치마 같아
마음까지도 싱숭생숭 흔들리게 합니다.

아직 따뜻한 바람이 사르르 부는 초여름 날,
치맛자락이 바람에 날리는 모습을 떠올리며
파란색 물감에 물을 잔뜩 섞어 델피니움을 그려보고 싶어요.
붓질 한 번에 꽃잎 하나씩 툭툭툭 마음대로 붓을 놀려보면
어느새 종이 가득 델피니움이 피어 있을 것 같아요.

Scabiosa

스카비오사

특유의 작고 오밀조밀한 화려한 꽃잎도 무척 아름답지만
저는 스카비오사의 봉긋한 수술 부분을 좋아해요.
연두색의 알맹이들이 와글와글 모여 있는 모양인데
잘 보살펴주면 수술 주변으로 아주 작은 꽃잎이
톡톡 터지는 걸 볼 수 있어요.

수십 개의 작은 꽃이 모여서
또 하나의 꽃을 이루고 있는 모습은
참 신비롭고 아름답습니다.

왠지 외롭고 처연해 보이는 스카비오사지만
작은 꽃잎들이 톡톡 열리면 더 이상 외롭지 않을 거예요.

Hydrangea

수국

이름처럼 정말 물을 좋아하는 꽃, 수국.
여름 더위에 많은 꽃들이 힘들어하지만
수국은 여름 꽃인데도
유난히 더위를 힘들어하는 것 같아요.
시들시들 무거운 머리를 숙인 수국을
시원한 물을 가득 받아 담가보세요.
언제 시들었냐는 듯 금방 살아나
활짝 피는 것을 볼 수 있답니다.

찬물에 발장구를 참방거리는 듯
싱싱해지는 수국을 보고 있으니
너도 나만큼이나
이 싱그러운 여름을 좋아하는구나, 하고 생각했어요.

Sunflower

해바라기

해바라기는 큰 키와 큰 얼굴을 가진 데다
해를 따라 고개를 돌린다는 사실 때문에
유난히 사람처럼 느껴지는 꽃입니다.
그래서 길을 걷다 해바라기를 만날 때면
꼭 “안녕” 인사를 하곤 해요.

나보다 키가 한 뼘은 넘게 커서 올려다봐야 하지만
꼭 눈을 마주치듯 얼굴을 마주보며 인사를 나누어요.
가끔은 강한 햇빛이 해바라기 뒤로 비쳐 후광처럼 보일 때면,
나를 향해 웃어주는 것 같은 착각이 듭니다.
그러면 나도 부신 눈을 감고 바보같이 마주 웃어주어요.

Chinese Trumpet Creeper

능소화

능소화의 색은 뜨거운 여름날,

초저녁의 노을빛과 닮아 있습니다.

무더운 한여름부터 열심히 벽을 감아 올라가

흐드러지게 꽃을 피우는 능소화는

오랫동안 열심히도 꽃을 피우다가

꽃송이를 통째로 떨어뜨리며 집니다.

늦여름 능소화 나무 아래에는

마치 꽃길처럼 소복이 꽃송이가 내려와 있어요.

계절이 지나 능소화의 빈자리를 만나면

능소화가 남기고 간 우거진 잎사귀를 볼 수 있어요.

그러면 그 아래 가만히 서

지난여름 열심히도 피었던

능소화의 노을빛 꽃잎을 생각합니다.

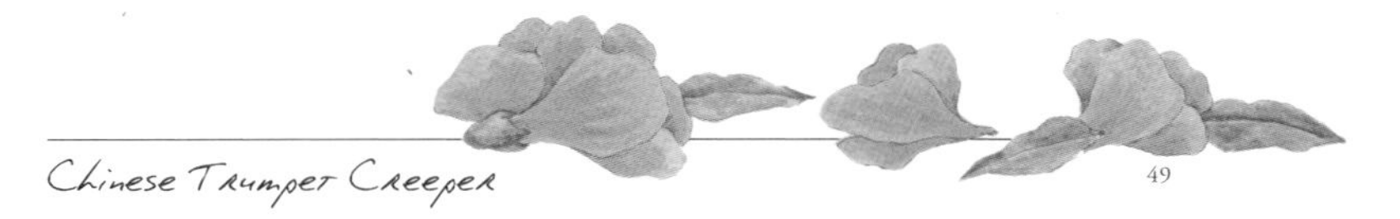

Chinese Trumpet Creeper

Oxypetalum

옥시

옥시의 하늘색은 맑은 여름의 하늘과 비슷해요.
오밀조밀하고 보송보송 촉감마저 귀여운 옥시를 보고 있으면
맑은 여름의 청량한 하늘 아래 뛰어노는
어린아이의 웃음소리가 들리는 것 같아요.

아무리 꽃다발에 우아하고 화려한 꽃들이 많다 해도
여기에 옥시가 들어가면 분위기가 아기자기해져요.
귀여움을 표현하는 단 하나의 꽃이라면,
단연 옥시를 꼽을 거예요.

Dahlia

다알리아

작은 꽃잎 수십 개가
정교하고 완벽한 비율로 말려 있는 다알리아를 보면
누군가가 수작업으로 정성껏 만들어놓은 공예품인 것만 같아요.
다알리아는 한 송이의 꽃이 되기 위해
오랜 시간 꽃봉오리 안에서 꽃잎들을 빚어냈겠지요.

싱그러운 여름 어느 날,
꽃봉오리를 열어 마침내 완성된 다알리아 꽃은
그래서 완벽하게 찬란하고 더없이 고고합니다.

Crape Myrtle

배롱나무

늦여름, 길을 걷다가
문득 잔뜩 핀 꽃나무가 예뻐 자세히 보면
그것은 늘 배롱나무였어요.
새파란 하늘을 배경으로
꽃분홍의 꽃이 하늘을 향해 손을 뻗듯 핀 모습이
눈이 부시게 예뻐서 한참을 올려다봅니다.

슬며시 손가락으로 액자를 만들어
그 사이로 가만히 들여다보았어요.
내 눈꺼풀이 셔터인 듯 눈을 찰칵 감았다 떠서
마음에 오래오래 남겨두었습니다.

Crape Myrtle

Ivy

아이비

작은 꽃다발 속에 들어 있던 한 줄기의 아이비.
꽃병에 담아둔 그 짧은 시간에 벌써 뿌리를 내렸어요.
한참을 꽃병에서 지내는 동안
하나였던 잎사귀가 두 개가 되고, 세 개, 네 개가 되었어요.
계절이 바뀌고 해가 바뀌는 동안
아이비는 화분으로 자리를 옮겼어요.
무럭무럭 자라서 지금은
잎사귀의 수를 헤아리기 어려울 정도로 무성해졌지만
언제나 처음 만났던 잎사귀는 어렵지 않게 찾아낼 수 있어요.

꽃다발을 선물 받았던 그날을,
선물처럼 나에게 와서 오래오래 머물고 있는
이 작은 친구의 생일로 정해주었습니다.

Rosa Multiflora

찔레꽃

멈춰 서서 찔레꽃을 가만히 보다
꽃잎이 하트 모양이라는 것을 알았어요.
꽃잎 한 장에 마음 하나,
다섯 개의 마음이 모여서 하나의 찔레꽃을 피웁니다.
소중히 아끼는 마음 한 장, 궁금한 마음 한 장,
행복한 마음 한 장, 염려하는 마음 한 장,
그리고 그리워하는 마음 한 장.
다섯 개의 마음이 모여 내게도 꽃이 피었습니다.

초여름 피웠던 꽃이 지고 가을이 되면
꽃이 진 자리에 열리는
붉디붉은 그 열매마저도 사랑인 것 같아 애달픕니다.

꽃들이 가을바람에 한들한들 춤을 추는 가을.

길에 피어 있는 들꽃마저도 아름다운 계절입니다.

겨울이 오기 전에 그 아름다움을 충분히 즐겨주세요.

Autumn

가을

Gomphrena Globosa

천일홍

조그마한 천일홍을 손바닥 위에 올려놓고 자세히 살펴보면
꽃잎이 붓 모양과 꼭 닮아 있어요.
붓으로 종이를 두드리듯 톡톡, 그리다 보면
어느새 완성이 되어 있는 천일홍.
천일 동안 붉다는 천일홍인데,
내가 그린 천일홍은 천일보다도 더 오래 붉겠지요.

천일보다도 오래 함께하고 싶은 당신에게
천 개의 붓터치를 모아 그린 천일홍을 선물하고 싶어요.

Chrysanthemum

소국

노오란 소국에서는 들에서 바람을 맞으며
마음대로 자라난 것 같은 자유로움이 느껴집니다.
언젠가 소국이 가득 피어 있는 너른 들판을
꿈속에서 보았던 것만 같아요.

오늘 아침 들에서 막 꺾어온 것처럼
무심하게 소국 한 다발을 불쑥 내밀면
당신도 내가 꿈속에서 본 것만 같은 들판을 떠올릴까요.
꿈결같이 노란 소국을 한 아름 안는 순간,
누구라도 슬며시 웃어버릴 수밖에 없을 거예요.

Korian Rough Gentian

용담초

유난히 짙은 푸른색을 지닌 꽃, 용담초.

막연히, 본 적도 없는

깊고 깊은 바다의 색일 것 같다고 생각했어요.

도르르 곱게 말려 있는 꽃봉오리가 가을이 되어 활짝 열리면

꼭 하늘을 향해 손을 뻗는 것 같아 보여요.

바다의 색을 닮았지만 하늘을 향해 꽃을 피우는 모습이

오늘따라 슬퍼 보입니다.

Pink Muhly Grass

핑크뮬리

분홍색 바람인 듯
분홍색 구름인 듯
분홍색 바다인 듯 구분이 되지 않는
환상과 같은 핑크뮬리 가득한 들판의 한가운데에 서 있으면
어쩐지 마음이 간지러운 것 같아요.
주변이 조용해지고 홀로 들판에 서 있지만
나는 외롭지 않고 따뜻하기만 합니다.
핑크뮬리가 바람에 사락사락 스치우며
홀로 선 나에게 간지럽게 속삭입니다.

그동안 내게 하고 싶었던 말,
오늘은 핑크뮬리가 대신 내 귓가에 말해줄 것만 같아요.

Rose

장미

그리기 가장 어려운 꽃을 꼽으라고 한다면
언제나 장미를 말하곤 합니다.
꽃의 대명사와도 같아서 수십 번을 그려보았지만
여전히 가장 어려운 꽃이에요.
어여쁜 얼굴로 나를 보고 있지만
새침한 가시를 보면 아직도 나에게 마음을 주지 않은 것 같아요.

겹겹이 겹쳐 있는 꽃잎의 한가운데,
장미의 깊은 속마음은 무엇일까요.
언젠가 나에게 먼저 웃어줄 날을 기다려봅니다.

Cosmos

코스모스

늘 바람과 함께 춤추듯 나풀거리는 코스모스.
언젠가는 바람에 흔들리다
가루가 되어 반짝이며 흩어질 것 같아요.
그러다 다음해 가을이 성큼 오면
언제 그랬냐는 듯 길가에 가득 피어 있겠지요.
코스모스를 바라보는 내 머리카락도
가을이 잔뜩 묻은 그 바람에 아스라이 흔들립니다.

내 마음도 코스모스처럼 잔뜩 흔들렸지만,
다시 만날 다음해 가을을 생각하며 마음을 다잡았어요.

Kochia Scoparia

댑싸리 / 코키아

마치 작은 산처럼 보이는 코키아들이
동그마니 앉아 있는 풍경에서는 내가 거인이 된 것만 같아요.
그 작은 산을 열심히 오르락내리락하는
더 작은 사람들을 상상하며 나도 모르게 소리 내어 웃었어요.

내 웃음소리에 부끄러워진 건지
가을이 깊어갈수록 코키아는 점점 더 동그랗게 변해갑니다.
뒤돌아 앉은 듯한 모습이 왠지 토라진 것만 같아
옆에 나란히 앉아주고 싶어졌어요.

Kochia Scoparia

Gerbera

거베라

잎사귀 하나 없는 거베라의 줄기는 무르기가 쉬워
철사와 함께 말아주어야 하고
꽃잎에도 플라스틱 캡을 씌워주곤 합니다.
테이핑된 줄기와 플라스틱 캡,
여기에 동그랗게 완벽한 대칭을 이루고 있는 꽃잎들을 보면
조화 같아 보이기도 합니다.
약한 줄기를 숨기고 완벽한 얼굴로 꼿꼿하게 서 있는 것 같아
거베라를 보면 어쩐지 안쓰러운 기분입니다.

언젠가는 철사도 테이핑도 플라스틱 캡도 없는
거베라를 만나보고 싶어요.
약한 모습도 괜찮아요.
줄기가 무르지 않게 매일 잘 보살펴줄 수 있으니까요.

FOUR O'CLOCK FLOWER

분꽃

겨울이 가까워진 늦은 가을,
곧 떠날 가을의 햇빛이 아쉬워 매일 공원을 산책하곤 했어요.
공원 입구에는 분꽃들이 가득 피어 있었습니다.
늘 오후의 노란 햇빛을 담뿍 받으며 활짝 피어 있었는데
어느 날 보니 시든 것처럼 꽃잎을 오므리고 있었어요.

분꽃의 영어 이름은 'Four O'clock Flower'입니다.
오후 네 시쯤이면 피었다가 아침이 되면 오므라들어요.
그제야 항상 산책하던 시간이 오후 네 시였다는 걸 알았어요.
활짝 피어 있는 분꽃을 만날 때면,
도망가는 가을이 아쉬워
분꽃처럼 얼굴을 들어 오후 네 시의 햇살을 담뿍 느껴봅니다.

Sweet Alyssum

스위트알리섬

몽글몽글 가득 피어 있는 알리섬을 보면
내 마음도 몽글몽글해지는 것 같아요.
여행길, 비행기에서 내려다본 뭉게구름과 닮아 있어
왠지 설레는 마음이 더 커집니다.

구름을 만지듯 포근하고 말랑말랑할 것 같은 꽃송이를
한 입에 먹어버리면 이름처럼 향기처럼
달콤한 맛이 날 것만 같아요.
구름의 맛이 이런 것일까, 상상해봅니다.

모든 생명이 잠을 자듯 조용하지만,

그 침묵을 깨고 피어난 값진 꽃도 분명히 있습니다.

추위를 이기는 꽃들은

특유의 차분한 아름다움을 지니고 있어요.

강한 생명력을 머금은 겨울 꽃은

누구라도 사랑할 수밖에 없답니다.

Winter

겨울

Stoke

스토크

함박눈같이 포송포송한 겹꽃이
한 줄기 가득 피어나는 스토크.
늘 커다란 얼굴을 가진 다른 꽃들을 받쳐주는
주변 꽃으로 쓰이지만
'비단향꽃무'라는 다른 이름답게
진한 향기가 독보적으로 아름다운 꽃입니다.

한 다발 가득 커다란 꽃병에 꽂아놓았을 때
공간을 오롯이 자신만의 향기로 채워주는 스토크.
그 향기를 사랑하는 저는
언제나 스토크에게 주인공의 자리를 내어줍니다.

Mimosa

미모사

노랗고 따뜻한 불빛이 방울지는 듯한 미모사를
잠들기 전 머리맡에 놓아두는 것을 좋아해요.
겨울 밤, 방 안에 작은 촛불 여러 개를 밝혀놓은 듯
포근하게 온기가 차오릅니다.

은은한 미모사만의 향기가 방 안을 가득 채워
미모사가 나를 꼭 안아준 것만 같은 꿈을 꾸었어요.

Camellia

동백꽃

빨간 동백꽃은 그 자체로도 예쁘지만
꽃 위에 흰 눈이 소복이 쌓여 있을 때 가장 예쁩니다.
하얗게 햇빛을 반사하며 반짝이는 초록 잎사귀들도
전혀 춥지 않은 것 같아요.

질 때조차 흰 눈 위에 대비되어
생생하고 빨갛게 떨어진 동백꽃잎을 보니
결국 네가 이 추운 겨울에게 한 번을 져주지 않는구나, 싶어서
웃음이 났어요.

Litsea Japonica

구름비나무

추위를 많이 타지만 바다를 좋아하는 구름비나무는
따뜻한 제주의 바닷가에 살아요.
짠 바닷바람을 맞으면서도 예쁘게 반짝거릴 수 있는 이유는
잎사귀 뒤쪽에 따뜻한 솜털을 숨기고 있기 때문일까요.
구름비나무로 리스를 만들어 걸어두니
내 방 안에도 구름비나무가 좋아하는 바닷바람이 가득합니다.

바다를 떠나온 구름비나무는
잎이 점점 도르르 동그랗게 말리고,
짙은 초록색에서 차분한 갈색으로 바뀌며
그렇게 스스로 또 다른 아름다움을 찾아갑니다.

Helleborus

헬레보루스

주근깨 같은 무늬가 가득한 꽃잎 때문인지,
어쩐지 빨간 머리 앤이 떠오르는 꽃, 헬레보루스.
꽃에서는 흔히 찾아보기 어려운 그린이나
채도 낮은 분홍의 꽃잎을 보면
참 비범하기 그지없는 소녀로구나, 하는 생각을 합니다.

여행 중 번화한 도시 뒷골목 작은 꽃집 앞에서
헬레보루스를 만났을 때,
정말 그 소녀를 만난 듯 반가워서
나도 모르게 "안녕" 하고 인사를 했답니다.

Ranunculus

라넌큘러스

습자지와 같이 얇은 꽃잎이
삼백 장이 넘게 겹쳐 있는 라넌큘러스는
누구라도 보면 첫눈에 반할 만큼 아름답습니다.
특히 그 꽃잎은 반투명해서
햇빛에 비추어 보았을 때 가장 예뻐요.
매일 아침 물을 갈아주면서
활짝 핀 라넌큘러스를 들고
한쪽 눈만 살짝 떠서 햇빛에 비추어 보곤 해요.

반투명한 꽃잎을 스친 햇빛이 내 눈에 닿았을 때,
꽃잎이 하늘거리면서 내 마음을 간질였는지
살랑, 가슴이 두근거렸습니다.

Alstroemeria

알스트로메리아

알스트로메리아의 꽃송이는
꼭 축음기와 닮았다고 생각했어요.
꽃잎에 얼룩처럼 여러 가지 색이 섞여 있는데,
색색의 음표가 퐁퐁 솟아나오다가
꽃잎에 묻은 것은 아닐까 생각해보았어요.

알스트로메리아를 꽃병 가득 꽂아놓으면
즐겁고 향기로운 음악이 공간을 가득 채워줄 것만 같아요.

Baby's Breath

안개꽃

오늘 문득 코트 밖으로 비죽 나온 소맷단을 보다가
좋아하는 꽃무늬 원피스가 안개꽃무늬였다는 것을 알았어요.
아기의 연약하고 따뜻한 숨과 같은 안개꽃이 소매 끝에도 있고,
걸을 때마다 팔랑거리는 옷자락 끝에도 있고,
내 마음 가장 따뜻한 곳에도 닿아 있습니다.

가장 좋아하는 사람을 만나러 가는 길,
걸음걸음마다 그 따뜻함을 놓치지 않으려고
옷깃을 꼭 여며보았어요.

Narcissus

수선화

꽃은 다발로 한 아름 꽂아놓는 것을 좋아하지만,

수선화만은 길고 작은 화병에 한 송이만 꽂아두고 싶어요.

고고하고 꼿꼿하게 세운 줄기에 꽃을 피워

나를 똑바로 바라보는 수선화는

혼자였지만 그래서 더 아름다워 보였어요.

아무도 손잡아주지 않아도 상관없다는 듯

우아한 곡선으로 도도하게 잎사귀를 드리웁니다.

Hyacinth

히아신스

처음에는 양파같이 생겼던 히아신스에
몇 시간 만에 금방 꽃이 올라왔어요.
또 몇 시간 후에 보니
조랑조랑 달려 있던 꽃봉오리에서
꽃이 툭 터져 올라왔답니다.
숨바꼭질하듯 며칠을 보냈더니
동그란 꽃봉오리는 모두 활짝 열렸고
키도 쑤욱 커버린 히아신스.

내 곁에 그림같이 조용히 서 있는 다른 꽃들과는 다르게
히아신스는 나를 봐 달라는 듯
톡톡 소리를 내며 꽃을 피워 존재감을 뽐내는 꽃입니다.

Thunberg Spirea

설유화

자유롭게 이리저리 뻗친 가지 끝,
하얗고 작은 꽃 뭉치들이
더없이 겨울에 어울립니다.

꽃이 작고 약해서
만질 때마다 새하얀 꽃잎이
테이블 위로 팔랑팔랑 떨어지는데,
그것이 꼭 눈 내리는 것 같이 보여
이름과 꼭 맞는다고 생각했어요.
괜히 장난치듯 톡톡 건드렸더니
작은 눈이 테이블 위에 퐁퐁 내려
조금 미안해져 버렸어요.

Poinsettia

포인세티아

포인세티아의 붉은 꽃처럼 보이는 부분이
사실은 잎사귀라고 해요.
신기하게도 초록색과 붉은색의 잎사귀가 동시에 피어
마치 크리스마스를 위해 태어난 것만 같아요.
작은 화분 하나만으로도
마음 가득 크리스마스의 설렘이 가득합니다.

겨울 꽃답지 않게 추위를 많이 타니
곁에 두고 같이 따뜻한 크리스마스를 보내야겠어요.

Dusty Miller

백묘국 \ 더스티밀러

밤새 조용히 사락사락 내린
싸라기눈이 얼어붙은 듯한 백묘국의 잎사귀.
세상의 모든 꽃이 아름다운 색으로 빛나지만
백묘국은 혼자만 흑백의 세상에서서 태어난 듯해요.

하지만 그 어떤 색도 부럽지 않아요.
차분한 무채색으로 화려한 다른 꽃들을
따뜻하게 감싸줄 수 있는 좋은 친구이기 때문입니다.

한 송이 꽃에는 말로는 다 할 수 없지만,

꼭 전하고 싶은 소중한 마음이 담겨 있어요.

꽃에 숨겨진 의미와 감정들에

귀 기울이는 법을 알려드릴게요.

꽃들이 하는 이야기와 꽃에 실린 마음을

더 아름답게 가꾸고 감상하는 방법.

알고 마음을 전하면 분명 더 의미 있는 선물이 될 거예요.

by kukka

한 송이에 담긴 마음

부록

작약 Peony

'꽃의 여왕'이라고 불리는 작약은 가장 화려하게 피어나는 꽃 중 하나입니다. 동그란 꽃봉오리 상태에서는 아주 작지만, 피어나기 시작하면 봉오리의 몇 배로 커진답니다. 아름다움을 작은 꽃봉오리에 감추고 있어서 그런지 '수줍음'이라는 꽃말을 갖고 있기도 해요. 독특하고 진한 꽃향기를 품고 있어 고급 향수의 원료로도 많은 사랑을 받고 있어요.

자나장미 Jana Rose

자나는 한 대에 여러 꽃송이가 달려 있는 스프레이 장미입니다. 다소 빈티지한 빛깔을 가지고 있지만 사랑 고백에 어울리는 핑크빛을 띠고 있는 장미인 만큼 '끝없는 사랑'이라는 의미를 담고 있어요. 생화(절화)로 보아도 아름답지만, 말렸을 때 색이 크게 바래지 않고 빈티지한 매력이 더해져 드라이플라워로도 매력적인 꽃이에요.

아네모네 Anemone

보랏빛, 자줏빛 그리고 새하얀 빛 등 강한 색감으로 피어나는 아네모네는 벨벳 질감의 꽃잎을 갖고 있습니다. 특이한 질감 덕분에 다른 꽃들과 함께 있을 때 큰 존재감을 나타내는 꽃이랍니다. 아네모네는 색감에 따라 '당신을 사랑합니다', '배신', '속절없는 사랑' 등의 꽃말이 있는데, 주로 이별 후에 갖는 절절하고 슬픈 감정을 이야기해요.

목련 Magnolia

따뜻한 봄 햇살을 받으며 3~4월 봄의 문턱에서 피어나는 목련은 봄에 피어나는 꽃들 중 가장 일찍 피는 꽃이에요. 꽃의 모양이 연꽃을 닮아, 나무에서 피어나는 연꽃이라 하여 '목련'이라는 이름을 가지게 되었습니다. 꽃잎의 색에 따라 '백목련', '자목련' 등으로 불러요. 집에 꽂아두고 절화로 볼 경우에는, 햇빛을 많이 받아야 꽃이 피는 점을 고려해 빛이 잘 드는 곳에 놓아주면 좋아요.

벚꽃 Cherry Blossom

매년 4월이 되면 우리의 마음을 설레게 하는 벚꽃은 봄 꽃들이 종종 그렇듯 잎이 돋아나기 전에 꽃이 먼저 피어납니다. 벚꽃이 필 즈음엔 축제가 열릴 만큼 그 아름다움이 뛰어나기 때문에 '가장 아름다운 순간'이라는 꽃말도 갖고 있어요. 꽃이 질 때는 꽃잎이 한 겹 한 겹 떨어지는 특징이 있어서 봄바람에 꽃잎이 질 때는 마치 꽃비가 내리는 듯한 모습을 볼 수 있어요.

라일락 Lilac

4~5월부터 초여름까지 수십 송이의 꽃이 촘촘하게 피어나는 라일락은 우리말로 '서양수수꽃다리'라고 부릅니다. 꽃잎은 보랏빛 혹은 하얀빛을 띠고, 향은 오래도록 잊지 못할 정도로 강한 편이에요. 좋은 꽃향기 덕분에 한 번 만나면 오래도록 우리의 마음에 남는 꽃이라 그런지 '첫사랑'이라는 꽃말을 갖고 있기도 해요.

클레마티스 Clematis

클레마티스는 꽃봉오리에 비해 생각보다 큰 화형(花形)을 갖고 있어 다른 꽃들 사이에서도 한눈에 들어와 '큰꽃으아리'라고도 불립니다. 약해 보이는 모습과는 달리 쉽게 끊어지지 않고, 야생에서도 꽃을 잘 피우는 강인한 꽃이에요. 한 송이로도 충분히 아름다운 클레마티스는 '고결'이라는 꽃말을 갖고 있어, 결혼식에서 신부의 부케로도 많은 사랑을 받는 꽃이랍니다.

양귀비 Poppy

꽃봉오리가 껍질 모양으로 되어 있어, 껍질이 벌어지며 꽃이 피어나는 모습을 보입니다. 꽃봉오리가 벌어지기 전에는 어떤 빛깔의 꽃이 피어날지 알 수 없는 신비로운 꽃이에요. 주로 겨울부터 3월 초까지 피어나며, 만개한 후에는 3~5일 후에 지기 시작합니다. 장미나 튤립처럼 꽃의 색에 따라 꽃말이 달라 '덧없음', '사랑스러움', '위로' 등의 다양한 의미를 갖고 있어요.

프리지아 Freesia

프리지아가 피어나기 시작하면, 비로소 봄이 찾아옵니다. 초봄에 피어나는 꽃인 만큼 '천진난만'이라는 경쾌한 꽃말을 갖고 있어요. 긴 겨울이 가고 새로운 계절의 시작에 피어나는 꽃이라서 프리지아 선물에는 '당신의 시작을 응원합니다'라는 의미가 담겨 있기도 해요. 그래서 졸업식과 입학식 꽃으로 많이 선물해요. 싱그러운 꽃향기로 향수의 원료로 쓰이기도 합니다.

튤립 Tulip

네덜란드의 국화인 튤립은 왕관 모양을 하고 있어요. 절화 상태에서는 1~2월에 가장 많이 만날 수 있지만, 구근으로 키웠을 때에는 3월에 가장 많이 피어나는 꽃입니다. 온도에 영향을 많이 받아 따뜻하면 꽃봉오리가 열리고 추우면 꽃봉오리를 다시 닫는 특성이 있어요. 절화 상태에서도 매일 줄기가 자라나기 때문에 줄기 끝을 조금씩 잘라줘야 높이를 유지할 수 있답니다.

카네이션 Carnation

존경하는 부모님, 은사님께 선물하는 카네이션은 색에 따라 꽃말이 약간씩 다르지만, '사랑', '감사'의 꽃말을 갖고 있습니다. 수명이 긴 꽃 중의 하나라서 길게는 한 달 이상까지 피어 있는 모습을 볼 수 있어요. 긴 수명을 닮아서 꽃향기도 진하고 강렬하기보다는 은은하고 차분한 느낌입니다.

라벤더 Lavender

라벤더는 매년 여름이 되면 프랑스의 프로방스 지방을 보랏빛으로 물들이는 허브입니다. 그윽하고 향긋한 라벤더의 향은 스트레스와 심리적인 안정에 도움을 준다고 해서 향료나 허브티로 많이 이용되고 있어요. 색의 변화 없이 마르기 때문에 드라이플라워로도 아름다운 꽃이에요.

유칼립투스 Eucalyptus

그리스어로 '아름답다'와 '덮인다'의 합성어로, 꽃받침이 꽃의 내부를 둘러싸고 있는 모습에서 유래한 이름입니다. 여름철 유칼립투스 한 다발이면 실내 인테리어와 벌레 퇴치를 모두 해결할 수 있어요. 꽃다발의 소재로 가장 많이 사용되는 식물이기도 한데, 꽃들과 함께 어우러지면 꽃을 더욱 돋보이게 만들어주는 역할을 합니다. 물에 꽂지 않고 말려도 은은한 향기가 오래도록 지속되어 '추억'이라는 꽃말을 갖고 있습니다.

델피니움 Delphinium

델피니움은 초여름의 선선한 바람을 맞으며 피어나는 청초한 꽃입니다. 우리말로는 '제비고깔'이라는 이름을 갖고 있어요. '당신을 행복하게 해줄게요'라는 꽃말 덕분에 행복을 기원하며 선물하는 꽃이기도 해요. 화이트, 핑크, 옐로 등 다양한 빛깔로 피어나지만 특히 여름의 청량함을 닮은 블루 델피니움은 흔하지 않은 빛깔이라 많은 사랑을 받습니다.

스카비오사 Scabiosa

약하고 여려 보이는 외모의 스카비오사는 '솔체꽃'이라는 예쁜 이름을 가진 들꽃입니다. 신비한 보라색 덕분인지 '이루어질 수 없는 사랑'이라는 슬픈 꽃말을 가졌지만 추위와 더위를 잘 견디고 거친 들에서도 얇은 줄기를 높이 올려 어여쁜 꽃을 피우는 강하고 아름다운 꽃이에요.

수국 Hydrangea

6월이 되면 영국에서는 집집마다 담장에 수국이 탐스럽게 피어납니다. 우리나라에서는 시기상 장마철에 피어나는 꽃이라서 봄과 여름 사이에 가장 예쁘게 볼 수 있는 꽃으로 꼽힙니다. 토양의 성질에 따라 꽃의 색상이 달라지는 특성이 있어 '변덕'의 꽃말을 갖고 있어요. 송이송이 풍성하게 피어나서 '여름 꽃의 여왕'이라고 불리기도 해요.

해바라기 Sunflower

7~8월, 한여름 뜨거운 태양의 햇살 아래 피어나는 해바라기는 여름을 대표하는 꽃입니다. 태양이 있는 곳을 향해 피어나는 꽃인 만큼 '일편단심'이라는 꽃말을 갖고 있어요. 장미 못지않게 로맨틱한 꽃이라서 누군가를 향한 열렬한 사랑을 고백하기에 좋은 꽃이에요.

능소화 Chinese Trumpet Creeper

담쟁이덩굴처럼 건물의 벽이나 담장 등을 타고 올라 파란 하늘 높이 자라는 꽃이에요. 이런 특징은 이름에서도 잘 나타나는데, 한자를 그대로 풀이하면 '하늘을 업신여길 정도로 높이 자라는 꽃'이라고 해요. 트럼펫 모양을 닮은 능소화는 꽃이 시들지 않고 뚝 떨어지는 특징으로 예로부터 양반을 상징하는 꽃이었답니다. '명예', '기다림'의 꽃말을 가진 능소화는 고고한 아름다움을 담은 꽃이라고 할 수 있어요.

옥시 Oxypetalum

다섯 개의 꽃잎이 별을 닮아 '스타 플라워(Star Flower)'로도 불리는 꽃이에요. 잎과 줄기에는 작은 솜털이 보송보송 나 있어 마치 벨벳을 만지는 것과 같은 부드러운 촉감을 느낄 수 있어요. 줄기를 자르면 흰색의 유액이 나오는데, 끈적거리기 때문에 조심해야 합니다. '상냥함', '사랑의 인사'라는 꽃말에, 흔치 않은 푸른 색감으로 꽃다발의 소재로 자주 쓰여요.

다알리아 Dahlia

멕시코에서 자라난 화려한 생김새의 다알리아는 전 세계적으로 널리 사랑받는 꽃이에요. '대려화(大麗花)'라고 일컬을 만큼 우아함과 아름다움으로 동서양에서 인정받은 꽃입니다. 화려한 색감과 폭죽이 터지듯 아름다운 겹겹의 꽃잎들은 다알리아의 자랑입니다. 여러 꽃들 사이에서도 단연 눈에 띄는 꽃이죠. 색에 따라 꽃말을 달리하는 꽃 중 하나인데, 대표적인 꽃말은 '화려', '감사'입니다.

배롱나무 Crape Myrtle

배롱나무는 '백일홍나무'가 입으로 전해지면서 '배기롱', '배롱'으로 바뀐 것이라 짐작돼요. 국화과에 속하는 꽃인 백일홍과 구별하기 위해 '목백일홍'이라고도 한답니다. 진한 분홍의 꽃이 파란 하늘과 어울려 차례로 피어나는데, 그 기간이 100일 이상이라고 합니다. 꽃이 떨어졌나 싶다가도 어느새 새로운 꽃이 피어 만개해 있는 것이 배롱나무 꽃의 매력이죠. 꽃잎의 끝에 주름이 져 있어 덕분에 꽃이 더 풍성하고 화사하게 보여요.

아이비 Ivy

'행운과 함께하는 사랑'이라는 꽃말을 가진 아이비는 많은 분들이 첫 화초 기르기로 선택하는 식물입니다. 메마른 땅과 어두운 그늘 아래에서도 잘 자랄 만큼 성장력과 생명력이 뛰어난 편이기 때문이죠. 어느 정도 자란 아이비의 줄기를 꺾어 다시 심어두면 새로 뿌리가 나온답니다. 늘 푸른 덩굴나무로 꽃과 썩 잘 어울리는 편입니다.

찔레꽃 Rosa Multiflora

이른 봄부터 여름까지 볼 수 있는 찔레꽃은 우리의 산에서 피어나는 토종 꽃입니다. 하얗고 순박한 꽃에서 나는 향기가 친숙한 이유는 바로 그 때문이죠. 가시가 많아 '찌르는 나무'로 불리던 것이 '찔레'가 되었다고 해요. '당신을 노래합니다'라는 달콤한 꽃말을 가지고 있는 꽃이에요.

천일홍 Gomphrena Globosa

작은 산딸기를 닮은 천일홍은 '천일 동안 변하지 않는 꽃'이라 하여 천일홍이라는 이름이 생겼습니다. 작은 꽃들로 이루어져 있으며, 끝이 뾰족하고 작은 털을 갖고 있어요. 크기는 작지만 톡톡 튀는 모습으로 전체 꽃에 생기를 더하는 역할을 합니다. 귀여운 생김새와 달리 꽃에 담긴 이야기가 참 로맨틱해요. 쉽게 시들지 않고 오랫동안 지속되는 꽃인 만큼 꽃말은 '변치 않는 사랑'입니다.

소국 Chrysanthemum

가을을 대표하는 꽃 국화, 그중에서도 꽃송이가 작은 국화를 골라 '소국'이라 부릅니다. 앙증맞은 크기에 화려한 색감을 갖고 있어 꽃다발에도 자주 쓰이는 꽃입니다. 어여쁜 생김새는 물론 국화과 꽃의 향은 두통 해소와 집중력 향상 효과도 있다고 해요. '밝은 마음'이라는 꽃말도 누군가에게 기쁨을 전하기에 좋아 가을에 가볍게 선물하기 좋은 꽃이에요.

용담초 Korian Rough Gentian

용담초는 꽃에서는 흔치 않은 새파란 색감으로 유명한 꽃입니다. 꽃 모양이 특이하고 색감이 화려해 관상학적으로 매우 높은 가치를 평가받는 꽃이에요. 뿌리는 약재로도 많이 쓰이는데, 그 맛이 용의 쓸개를 먹는 것만큼 쓰다고 하여 '용담'이라는 이름을 갖게 되었답니다. 만병을 다스린다고 하여 '만병초'라고도 불려요.

핑크뮬리 Pink Muhly Grass

가을이 오면 세상을 핑크빛으로 물들이는 핑크뮬리는 벼과에 속하는 식물로, 뿌리가 옆으로 뻗지 않고 줄기가 곧게 선답니다. 여름에는 맑은 푸른빛을 띠다가 가을에는 분홍빛으로 변하는 특성을 갖고 있습니다. 바람이 불 때 핑크뮬리의 가는 줄기들이 살랑이며 만들어내는 분홍빛 풍경은 절경을 이루지요. 여리게 생겼지만 습한 더위와 가뭄도 잘 견디는 강인한 특성을 지녔습니다.

장미 Rose

꽃의 여왕 장미는 야생종만 200여 종이 넘으며, 원예종은 셀 수 없을 정도로 많습니다. 지금도 계속해서 새로운 품종이 개발되고 있어 매년 신종 장미를 만날 수 있어요. 장미는 로맨틱한 사랑을 상징하지만, 색마다 꽃말이 조금씩 다르니 유의해야 합니다. 붉은 장미는 '사랑', 흰 장미는 '순수', 분홍 장미는 '감사', 노란 장미는 '우정'을 뜻합니다.

코스모스 Cosmos

가을이 되면 길가를 따라 예쁘게 피어나는 꽃, 코스모스는 하늘하늘한 가을바람에 살랑이는 모습이 아름답죠. 그래서 우리말 이름은 가냘프면서도 곱다는 뜻의 '살살이꽃'이에요. 가볍게 스치는 바람에도 크게 흔들리지만 쉽게 꺾이지 않는 강인한 꽃이에요. 여리지만 깊고 강인한 코스모스의 꽃말은 '소녀의 순정'입니다.

댑싸리 / 코키아 Kochia Scoparia

친근한 이름을 가진 댑싸리지만, 가을 단풍철엔 어떤 꽃보다 화려하게 변신해 눈길을 사로잡곤 합니다. 단단하고 곧게 선 줄기는 최대 150cm까지도 자라며, 줄기에 잔잎이 촘촘히 달려 사람보다 몸집이 큽니다. 7~8월쯤 연녹색의 작은 꽃이 피지만 눈에 잘 띄지 않아요. 아마 우리가 아는 댑싸리의 모습은 가을이 되어 잎도 줄기도 모두 선홍빛으로 물든 모습일 거예요.

거베라 Gerbera

빨강, 주황, 노랑, 화이트까지 유난히 선명한 색감의 꽃잎을 갖고 있어 축하 화환에 많이 사용되는 거베라는 TV 화질을 보여주는 장면에도 자주 나타납니다. 보기만 해도 기분 좋아지는 화사한 색감을 갖고 있어서 영국 빅토리아 여왕 시대부터 '행복'이라는 꽃말을 갖고 있어요. 유럽에서는 거베라가 행복한 삶의 아름다움을 상징하기도 해서 자라나는 아이들에게 많이 선물하는 꽃이라고 해요.

분꽃 Four O'clock Flower

옛 여인들의 아름다움의 비결은 분꽃에 있다고 합니다. 분꽃 씨앗을 깨면 속에서 나오는 뽀얀 가루를 얼굴에 분처럼 펴서 발랐다고 해요. 분꽃은 해가 질 때쯤 피었다가 밤을 지새우고 해가 뜨면 서서히 꽃을 오므린다고 해서 영어로는 '네 시의 꽃'이라 불러요. 밤에 꽃을 피운다고 해서 '저녁의 미녀(Beauty of the Night)'라고도 불린답니다. 어두운 밤이 되어 조심스레 피어나는 분꽃, 그래서 '수줍음'이라는 꽃말을 가졌나 봅니다.

스위트알리섬 Sweet Alyssum

이름만큼 달콤한 향기를 풍기는 스위트알리섬은 흰색, 보라색 꽃이 오밀조밀 뭉쳐서 피어나는 모습이 마치 냉이를 닮았다고 해서 우리말로는 '뜰냉이', '애기냉이꽃'이라 불립니다. 전쟁이 일어나던 때, 스위트알리섬의 아름다움이 그리운 고향을 떠올린다고 이 꽃을 모두 없애버렸다는 슬픈 전설이 전해지기도 합니다. 자신의 독보적인 아름다움을 잘 아는 듯, 꽃말은 '빼어난 미모'입니다.

스토크 Stoke

'비단향꽃무'라는 우리말 이름이 더 유명한 스토크는 좋은 향기로 잘 알려져 있는 꽃입니다. 몽글몽글 거품처럼 뭉쳐 있는 귀여운 꽃송이를 보라, 분홍, 노랑, 하양 등 다양한 색상으로 만날 수 있고, '영원한 사랑'이라는 의미 있는 꽃말도 가지고 있습니다. 옛날 프랑스에서는 신사들이 스토크를 모자 속에 감추고 있다가 사랑하는 여성에게 바쳤다고 해요.

미모사 Mimosa

1~2월 프랑스 샹파뉴 지방의 들판을 노란빛으로 물들이는 미모사는 털실 뭉치 같은 꽃이 둥글게 올망졸망 피는 꽃입니다. 작고 여린 듯 보이지만 강한 생명력을 갖고 있는 꽃이에요. 방울방울 달린 꽃들은 처음 모습 그대로 오래도록 드라이플라워로 간직할 수 있습니다. 유럽에서는 매년 여성의 날에 미모사를 여성에게 선물하는 풍습을 갖고 있어요.

동백꽃 Camellia

동백꽃은 1월부터 엄동설한이 지난 2월 말까지 탐스럽게 피는 꽃입니다. 우리나라에서는 제주에서 아름다운 동백의 풍경을 감상할 수 있지요. 일년의 시간이 흐르고, 추운 겨울에서야 칼바람을 뚫고 비로소 피어나는 동백은 '기다림'이라는 꽃말을 갖고 있는 강인한 꽃입니다. 전통 혼례 때 상 위에 올라 부부간의 굳은 약속을 상징하는 역할을 하기도 합니다.

구름비나무 Litsea Japonica

제주 해안가에서 자라는 구름비나무는 줄기와 잎 뒷면에 털이 나는 독특한 나무입니다. 특히 잎의 뒷면에선 벨벳 느낌의 보송보송한 질감이 느껴져요. 제주 방언으로는 '구럼비나무'라고 하고, 우리말로는 '까마귀쪽나무'라는 귀여운 이름도 가지고 있어요. 겨울철 오리목, 시나몬스틱, 솔방울 등과 함께 리스로 많이 만들며, 한 해에 집에 좋은 일들만 깃들기를 바라는 마음을 담아 선물하기도 해요.

헬레보루스 Helleborus

유럽에서 피어나는 헬레보루스는 크리스마스 즈음 눈 속에서 핀다고 하여 '크리스마스 장미'라고도 합니다. 겨울에 피어나는 꽃인 만큼 저온을 좋아하고, 푸른 연둣빛의 꽃잎을 가진 싱그러운 꽃을 피우죠. 헬레보루스는 꽃이 완전히 펴도 꽃머리를 아래로 숙이는데, 오히려 그 곡선미가 고급스러운 꽃입니다. '나의 불안을 잠재워주세요'라는 로맨틱한 꽃말을 갖고 있습니다.

라넌큘러스 Ranunculus

하늘하늘한 모습으로 많은 사랑을 받는 라넌큘러스는 접시 형태로 활짝 피어나는 꽃입니다. 특히, 풍성한 하노이 라넌큘러스는 삼백 장이 넘는 여러 장의 꽃잎이 포개져 있어요. 피어나는 모습을 보고 있으면 황홀할 정도입니다. '매혹'이라는 꽃말을 갖고 있고, 결혼식에서 신부의 부케로도 많이 사용되는 고급스러운 꽃이에요.

알스트로메리아 Alstroemeria

피어나기 전에는 볼품없다고 생각할 수 있을 만큼 피어나기 전과 후가 다른 꽃입니다. 한 대에 여러 꽃송이가 달려 있고, 활짝 피어나면 꽃 모양이 나비를 닮아 다른 꽃과 함께 섞이지 않아도 충분히 화려하고 풍성한 기분을 느낄 수 있어요. 다른 꽃들보다 비교적 수명이 길어 오래 즐길 수 있기도 합니다. '우정'이라는 꽃말을 갖고 있어 소중한 친구에게 선물하기 좋은 꽃이에요.

안개꽃 Baby's Breath

꽃다발에서 흔히 볼 수 있는 안개꽃은 꽃이 피어날 때 안개가 서린 것처럼 희뿌옇게 된다고 해서 이러한 이름을 갖게 되었어요. 일반적으로는 하얀 빛깔의 안개꽃을 떠올리지만, 요즘은 핑크·블루·퍼플 등 다양한 색상의 안개꽃을 만날 수 있답니다. 하얀 빛깔의 안개꽃은 오랫동안 '순수'를 의미해왔고, 드라이플라워로 오래도록 볼 수 있기도 해서 '영원한 사랑'이라는 의미를 갖기도 해요.

수선화 Narcissus

그리스 신화의 미소년, 나르키소스가 꽃으로 피어났다는 수선화는 연못가에 피어 자신의 모습을 굽어 살피는 청초한 꽃입니다. 한자어를 그대로 풀이하면 '물의 신선(水仙花)'이지요. 수선화에 반한 많은 문인들이 작품을 통해 그 아름다움을 노래하고 있어요. 연약해 보이지만 겨울의 추위 속에서 피어난 강인한 꽃이랍니다. 여섯 장의 꽃잎 사이에 '부관'이라 불리는 나팔 모양 속꽃이 있는 것이 특징이에요.

히아신스 Hyacinth

양파를 닮은 구근에서 파스텔 색감의 꽃이 피어나는 히아신스는 구근 사이로 꽃대가 살짝 고개 내밀기 시작하면 진한 향기가 피어납니다. 작은 꽃들이 올망졸망 모여 큰 얼굴을 이루는 모습이 아름다워요. 투박한 구근에서 올망졸망한 꽃이 피기까지, 그 아름다운 과정에 함께하기 위해 직접 구근을 키우는 분들도 많습니다. 겨울에 구근을 심으면, 2~3개월이 지난 3월 봄 무렵 꽃을 피울 거예요.

설유화 Thunberg Spirea

설유화(雪柳花)는 '가는잎조팝나무'라고도 하며, 이름처럼 얇은 나뭇가지에 새하얗고 작은 눈송이가 앉아 있는 모습입니다. 길고 가느다란 곡선이 주는 자연스러운 아름다움을 가진 설유화는 늦겨울에서 초봄에 많이 볼 수 있어요. 작고 귀여운 얼굴을 닮아 꽃말도 '애교', '명쾌한 승리'라는 의미를 가지고 있습니다. 보는 이의 기분을 좋게 해주는 꽃이에요.

포인세티아 Poinsettia

포인세티아는 크리스마스 시기에 초록색 잎이 빨갛게 물들기 때문에 '크리스마스의 꽃'이라 불립니다. 햇볕을 좋아하지만, 한여름의 직사광선에는 잎이 타거나 말라 죽을 수 있기 때문에 주의해야 합니다. 또한, 별명과는 달리 추위에 약하기 때문에 실내에서 키우는 것이 좋아요.

백묘국 / 더스티밀러 Dusty Miller

초록색 잎에 새하얀 털이 덮여 있는 백묘국은 눈이 쌓인 듯한 모습에 '설국'이라고도 합니다. 백묘국은 여름~가을에 노란색 꽃이 피어나지만, 꽃보다는 은빛의 잎을 감상하기 위해 주로 심어요. 여름에는 시원한 느낌을 주고 겨울에는 눈이 내린 듯한 모습이라 유럽에서는 화단에 많이 심는 식물이랍니다. 내한성이 있어 겨울에도 시들지 않습니다. 눈처럼 차가울 듯한 모습과 달리 '온화함'이라는 꽃말을 가지고 있어요.

마음 하나, 꽃 한 송이

초판 1쇄 발행 2018년 4월 20일
초판2쇄 발행 2019년 1월 18일

글 · 그림 김이랑
도움말 꾸까 kukka
발행인 이원주

임프린트 대표 김경섭
책임편집 권지숙
기획편집 정은미 · 정상미 · 송현경 · 정인경
디자인 정정은 · 김덕오
마케팅 윤주환 · 어윤지 · 이강희
제작 정웅래 · 김영훈

발행처 미호
출판등록 2011년 1월 27일(제321-2011-000023호)
주소 서울특별시 서초구 사임당로 82 (우편번호 137-879)
문의전화 편집 (02) 3487-1650, 영업 (02) 3471-8044

ISBN 978-89-527-9047-7 03810

◦ 시들지 않는 꽃 그림을 당신의 공간에, 혹은 소중한 사람에게 전하세요. 우리의 일상이 더욱 따스하고 향기롭기를 바랍니다.

◦ 시들지 않는 꽃 그림을 당신의 공간에, 혹은 소중한 사람에게 전하세요. 우리의 일상이 더욱 따스하고 향기롭기를 바랍니다.